LA BAGARRE

DU PONT-NEUF,

OU

LES CERISES RENVERSÉES.

LA BAGARRE

DU PONT-NEUF,

OU

LES CERISES RENVERSÉES.

POEME HÉROÏ-COMICO-SATYRICO-BURLESQUE

EN TROIS CHANTS,

Suivis de Notes Historiques, Critiques et Littéraires.

On sera ridicule et je n'oserai rire !
BOILEAU...... Satire IX.

A PARIS;

Au Dépôt de Nouveautés, Palais du Tribunat, Galerie
du Théâtre Français, vis-à-vis le Café Saintard.

Et chez les Marchands de Nouveautés.

AN X. (1801.)

LECTEUR;

L'ouvrage que l'on vous présente est déjà ancien. Il a été corrigé, morcelé, remis à neuf; il n'aurait, peut-être, jamais vu le jour si un hasard heureux ne nous l'eût fait tomber entre les mains. Tel qu'il est, il nous a paru n'avoir pas encore perdu tout l'attrait que la nouveauté donne ordinairement à ces sortes d'ouvrages ; c'est peut-être un titre en sa faveur : que de Satires ne sauraient être lues six mois après l'époque qui les a vu naître !

LA BAGARRE

DU PONT-NEUF,

OU

LES CERISES RENVERSÉES.

CHANT PREMIER,

ARGUMENT.

La voiture d'Églé culbute les Cerises. Émeute populaire.
Intrépidité de Damon. Beau discours qui ramène le calme.
Imprudence du cocher. Combat.

Je chante ce combat, où tout couvert de gloire,
Damon, près du Pont-Neuf, remporta la victoire ;
Où son cœur généreux, pour deux fois dix-huit sous,
Sut d'un peuple en fureur appaiser le courroux.

Muse, qui du clocher de la Samaritaine,
Contemplais ses exploits, viens animer ma veine ;
Raconte-moi comment ce héros indompté
Sut mêler la prudence à la témérité :
Apprends-moi le péril où se trouvèrent prises
Les dames dont le char renversa les Cerises ;
Er dis-moi par quel art Damon sut ménager
La gloire du beau sexe et vaincre le danger.

Le soleil fatigué de parcourir le monde
Précipitait ses pas pour se plonger dans l'onde ;
Et déjà du Pont-Neuf les enroués chanteurs
Pour chercher à souper quittaient leurs auditeurs ;
Lorsqu'en un char doré, deux belles arrêtées,
D'une troupe insolente indignement traitées,
Au milieu des clameurs, du tumulte et des cris,
Arrêtèrent Damon, du spectacle surpris.
Là, cent voix de fausset, dans les airs confondues,
Leur criaient : Payez-nous nos cerises perdues,
Que vos maudits chevaux, en voulant avancer,
Sur le pavé poudreux viennent de renverser.

En vain l'aimable Eglé du désordre troublée,
De son char exhortait la criarde assemblée ;

En vain elle essaya contre ces furieux,
L'art de persuader qu'elle a reçu des Dieux,
D'autre part, la Discorde, à la forte poitrine ;
Prêtant des sons aigus à la troupe mutine ;
Des halles, du marché, par chemins différens ;
De la horde indocile épaississait les rangs ;
Damon voit le péril, entre au champ de bataille,
Monte sur une borne : « Ecoutez-moi, canaille »,
Cria-t-il. On se tait. Chacun, de tous côtés,
Tient, sur le harangueur, ses regards arrêtés.
Tel on vit au sénat qui gouvernait la France
La discorde animer la voix de la licence.
Louvet ! le grand Louvet, d'un effort de gosier [1] ;
Égaler, par ses cris, la voix du grand Chénier [2] ;
Soudain le président agitait sa sonnette :
Le calme renaissait, la salle était muette.
Ainsi l'on vit Damon, en élevant la voix,
Rendre muets d'un mot cent gosiers à la fois.
» Mutins, leur criait-il, quelle brutale envie
» Dans un combat douteux vous fait risquer la vie ?
» Aveugles, vous suivez un aveugle courróux :
» Vous attaquez Églé ; mais la connaissez-vous ?
» Vous osez insulter son aimable cousine ;
» Pouvez-vous ignorer son illustre origine ?

» Son époux est compté parmi les fournisseurs [3] ;

» Églé, par plus d'un nœud , tient à nos Directeurs.

» Dans la manche, on le sait, elle tient la police ;

» Et notre ami Piis est tout à son service [4].

» Ah ! si vous n'écoutez ni respect, ni raison,

» Redoutez les mandats et craignez la prison. »

Le silence régnait, et la troupe rétive

A l'éloquent Damon se rendait attentive ;

Quand , les rênes en main , le coupable cocher,

Profitant du sermon , s'avisa de toucher.

La troupe, à cet aspect, reprenant sa furie,

Laisse là le prêcheur qui se démène et crie.

Les valets vainement occupent les chemins ,

Pour former une digue à ce peuple mutin.

Tel on voit un torrent que grossit un orage,

Renverser tout obstacle obstruant son passage ;

Ainsi l'on voit les flots du peuple révolté ,

Culbuter des valets l'amas épouvanté.

Mais c'est assez chanter, et pour reprendre haleine,

Allons rêver un peu sur les bords d'Hypocrène.

FIN DU PREMIER CHANT.

NOTES

DU

PREMIER CHANT.

(1) *Louvet, le grand Louvet, etc.* Ce grand homme n'est plus, la mort jalouse a moissonné ce moderne *Solon*, père du roman moral de *Faublas* ; comme tout ce qui a rapport à lui doit piquer la curiosité du public, nous croyons devoir citer une pièce de vers intitulée : *Lodoïska*, insérée dans le *Panier aux Chiffons* de Villiers. Nous n'extrairons de cette pièce que l'opinion de Chénier sur le cocuage des députés en général, et sur celui de Louvet en particulier : on feint que l'auteur de *Faublas*, réduit à un état d'impuissance désespérant pour la sensible *Lodoïska*, ne peut être tiré de sa léthargie à moins que sa fidelle épouse, sacrifiant sa pudeur à l'usage, ne consente enfin à lui donner un titre qu'a porté, que portent et porteront toujours la majorité des maris ; la question est de trouver l'agent : Lodoïska s'adresse au Conseil des Cinq-Cents ; la discussion s'engage.

(12)

« Alors Chénier demande la parole,
» Et cette fois oubliant l'hyperbole,
» Il dit : Messieurs, l'objet dont il s'agit
» N'est pas du tout d'un intérêt frivole.
» L'égalité permet, sans contredit,
» Qu'un député soit cocu comme un autre ;
» Mais son honneur, et plus encor le nôtre,
» Ne permet pas que le premier venu
» D'un député puisse faire un cocu.
» Je voudrais donc, en cette circonstance,
» Qu'au préalable on déclarât l'urgence ;
» Et puis qu'ensuite on choisît le canal
» Par qui Louvet doit reprendre l'usage
» Des doux plaisirs du lien conjugal.
» Ici, Messieurs, notre honneur nous engage.
» A nous charger, je crois, de cet ouvrage.
» Chez les anciens je sais qu'il est encor
» Quelques lueurs des feux de l'âge d'or ;
» Mais les cinq-cents sauront beaucoup mieux faire.
» Ce qu'on exige en faveur d'un confrère ;
» Nos droits, d'ailleurs, sur ce point sont bien clairs,
» Et comme il faut trancher net en affaire,
» Je soutiens, moi, que Louvet, mon confrère,
» S'il est cocu, doit l'être par ses pairs.

(2) *Chénier* (Marie-Joseph) membre de l'Institut na-
tional. On prétend que ce grand homme a dans le cou-
rant de sa vie vu bâiller tant de monde qu'il en a con-

tracté l'habitude par imitation ; un envieux de sa gloire lui adressa à ce sujet cette épigramme :

> » Laissez bâiller Joseph - Marie,
> » Rien ne peut le désennuyer ;
> » Monsieur toujours bâille et s'ennuie »
> » Laissez bâiller Joseph - Marie.
> » S'il bâille autant qu'il fait bâiller ,
> » Il bâillera toute sa vie. »

En supposant que l'auteur de cette épigramme ait quelque espèce de raison, ce dont on ne peut disconvenir en lisant *Charles IX*, il aurait dû ménager davantage un homme en qui les qualités du cœur éclipsent celles de l'esprit ; qui ne sait que Chénier est un aussi bon ami, aussi bon parent , aussi bon citoyen qu'il est *bon frère ?*

(3) *Son époux est compté parmi les fournisseurs.*

Le nom de fournisseur est devenu une qualification réelle, depuis qu'un ramas de brigands, la plupart tirés de la bouë du peuple, ne fournissant rien et se disant fournisseurs, ont organisé le pillage du trésor public, et trouvé, en spéculant sur la misère des troupes, le moyen d'accumuler ces fortunes colossales, la honte du siècle et le désespoir des honnêtes gens.

Ce sont ces fournisseurs qui donnent le ton à ce qu'on appelle aujourd'hui la bonne société !

O tempora, ó mores !

(4) *Pris*, Chut ! ne nous brouillons pas avec la police.

CHANT SECOND.

ARGUMENT.

La Discorde anime les combattans. Situation d'Eglé et de
sa cousine. Les Dieux de l'Olympe prennent part à
l'action. Minerve secourt Damon. Trève. Incident inopiné.
Départ d'Eglé.

CEPENDANT la Discorde, aux cheveux hérissés,
A grands coups de serpens hâtait les moins pressés ;
La crainte, la paleur, à ses ordres rendues,
Environnaient déjà nos belles éperdues.
Mille bras s'allongeant en forme de crampons,
Pour arrêter le char, s'accrochent aux rayons.
Sur les quais retentit la voix de la déesse,
Des badauds à grands flots la foule croît, se presse ;
Et du rassemblement ignorant le sujet,
Des intrigues de Pitt chacun y voit l'effet .

Dans les rangs confondus maint et maint politique,

S'égosillant, criait : Sauvons la République.

Et cependant Damon, sur sa borne monté,

Criait, gesticulait, n'était pas écouté.

La trop sensible Eglé, dans ces momens d'alarmes,

Sur sa jeune cousine épuisait l'eau des Carmes.

Les palefrois fougueux, sous la main bondissans,

Rongeaient leurs freins dorés d'écume blanchissans;

En vain l'adroit cocher dégageant les portières,

Fait claquer son fouet de diverses manières;

Mille autres bras nerveux secondant les premiers,

En gagnant les devans, saisissent les coursiers.

Champagne, l'Adonis des beautés subalternes,

Le vaillant Bourguignon, l'ornement des tavernes;

Picard, Lafleur, et vingt que je ne nomme pas,

Dans ce combat fameux signalèrent leurs bras.

Mais qui pourrait compter les cottes dégraffées;

Les collets déchirés, les têtes décoiffées,

Les claques, les soufflets, les coups de poing reçus;

Les coups de pied donnés bien plutôt qu'apperçus?

Alors on vit, dit-on, n'importe qu'on le croie,

En l'air les mêmes Dieux qu'Homère vit dans Troye.

Là s'avance Junon d'un pas grave et réglé,

Et d'abord prend parti pour la craintive Eglé;

D'autre part, la Discorde et le dieu de la guerre

Excitaient à l'envi tout le parti contraire ;

La prudente Minerve, ouvrant ses deux grands yeux,

S'approchait du combat pour l'examiner mieux ;

Quand Damon, fatigué de perdre ses paroles,

Pour rendre le bon sens à tant de têtes folles ;

« Il faut, je le vois bien, dit-il, joindre à la fois ;

» Pour mieux persuader, le geste avec la voix,

» Par ce bâton noueux la raison mieux prouvée,

» Se fera respecter »; puis la canne levée,

Il saute à bas, il court ; Minerve l'arrêtant :

» Où te mène, dit-elle, un transport imprudent ?

» Il n'est qu'un seul moyen de finir la querelle,

» Je veux te l'enseigner. Écoute, lui dit-elle,

» Ouvre la bourse, cours, et d'un pas diligent

» Va-t-en trouver les chefs; offre-leur de l'argent :

» C'est ainsi qu'autrefois Priam, quittant sa ville,

» Sut racheter Hector des mains du fier Achille[2] ;

» Et c'est par ce moyen que tous nos fournisseurs

» Du ministre Schérer obtiennent les faveurs[3]

» Va, va, l'argent fait tout soit en paix, soit en guerre;

» Et mieux que le bon droit il termine une affaire ».

Elle dit, et Damon, sans autre compliment,

Hausse la voix : « Parlons d'un accommodement,

2.

» C'est Minerve elle-même à présent qui m'inspire ;
» Je paie le dommage, et que l'on se retire ».

POUR la seconde fois les mutins confondus
Se taisent, leurs esprits demeurent suspendus ;
Contre cette raison s'éclipse leur courage ,
Et le seul mot d'argent a ralenti leur rage.
Tel qui le poing levé répandait la terreur ,
Reste immobile et sent expirer sa fureur.
Tous étaient attentifs, quand un filou s'approche,
Et cotoyant Damon , met la main dans sa poche,
Tire la bourse, fuit comme l'adroit chasseur ,
D'un jeune lionceau diligent ravisseur,
Qui craignant le retour d'une lionne en furie ,
Assure, par sa fuite, et sa proie et sa vie.
Le peuple de l'accord paraissant satisfait,
Veut voir joindre à l'instant la promesse à l'effet :
Tous entourent Damon; le captif équipage,
Tout-à-coup délaissé, s'ouvre un libre passage;
Le prudent conducteur, du péril dégagé ,
Touche ses fiers coursiers, part sans prendre congé.

FIN DU SECOND CHANT.

NOTES

DU

CHANT SECOND.

(1) *Des intrigues de Pitt chacun y voit l'effet.*

Il fut un tems où rien ne se faisait à Paris que par ordre du cabinet de Saint-James. Chacun sait que ces bruyans sifflets, sous lesquels expira le pauvre *Pinto*, furent fabriqués à Londres et envoyés à Paris par ordre du gouvernement anglais.

(2) *C'est ainsi qu'autrefois Priam quittant sa ville,*
Sut racheter Hector des mains du fier Achille.

Hector étant tombé sous les coups d'Achille, celui-ci attacha son corps sanglant à son char et le traîna autour des murailles de Troye, jusqu'à ce Priam ait, à prix d'argent, retiré cet horrible trophée des mains du vainqueur.

» *Ter circum Iliacos raptaverat Hectora muros,*

» *Exanimumque auro corpus vendebat Achilles.*

» *Tum verò ingentem gemitum dat pectoré ab imo,*

» *Ut spolia, ut currus, utque ipsum corpus amici,*

» *Tendentemque manus Priamum conspexit inermes.*

P. Virgilii, Æneidos, lib. I.

(3) *Du ministre Schérer obtiennent les faveurs.*

Le ministère de Schérer fera époque dans les fastes du brigandage ; c'est lui qui a mis en vogue cette mode si généralement reçue à présent de vendre les emplois, les graces, de spéculer sur la misère et les privations du soldat, pour enrichir une horde de sang-sues......

Lavater juge des qualités morales par les traits de la physionomie; je serais presque tenté de juger de ces mêmes qualités par le nom seul de l'individu. En effet, *Schérer* qui en allemand signifie *tondeur*, ne *tondait* pas mal le trésor public, tandis que son agent *Rappinat rappinait* en Helvétie, et que son associé *Grugeon grugeait* nos armées.

Hélas! que de *Rappinats*, de *Grugeons* et de *Tondeurs rappinent, grugent* et *tondent* encore notre malheureux pays ! .....

CHANT TROISIÈME.

ARGUMENT.

Embarras de Damon. Les hostilités recommencent. Auteurs noyés et repêchés. Minerve parle à la Renommée. Secours inattendu. Conclusion. La paix.

PHÉBUS prêt à finir sa brillante carrière,
Lançait obliquement quelques traits de lumière;
Des nuages confus la vaste obscurité
De ses derniers rayons éteignait la clarté.

ÉGLÉ fuyait alors, du danger garantie,
Et laissait à Damon achever la partie,
Pendant qu'autour de lui mille bras avancés
Demandaient à la fois d'être récompensés :
Il fouille en son gousset, n'y trouve rien, se trouble;
Il cherche dans sa poche, encor moins, pas un double;

Il cherche en l'autre-poche et dedans et dehors :
Visite tout confus , et veste et juste-au-corps ,
Réitère vingt fois sa recherche frivole :
L'étonnement s'accroît , lui coupe la parole,
En cet état douteux il ne sait que choisir.
Fuir serait le plus sûr. La peur le vient saisir,
Il demeure stupide en sa triste aventure ;
La tourbe s'en émeut, parle bas, puis murmure,
Puis élève la voix et redouble les cris.
Minerve accourt : Damon rappelle ses esprits,
Cherche à se dégager de la troupe profane ,
Fait sur les plus hâtés pleuvoir les coups de canne ;
Il se bat en retraite, et gagnant du terrein,
Minerve à reculons le conduit par la main ;
Il gagne enfin le quai. Là réside un Libraire,
Des nouveautés du temps riche dépositaire,
On y voit chaque jour , sur les bords étalés,
De maint et maint auteur les titres empoulés ,
C'est de ce magasin que vont chez la beurrière,
Les œuvres de Lebrun [1], de Laya [2], de Cubière [3].
On y voit Petitot [4], Lormian [5] et Chénier
Dormir paisiblement à côté de Mercier [6].
C'est-là que , s'arrêtant , d'une guerrière audace,
Damon aux plus hardis fait déserter la place.

La déesse l'anime en ce pressant besoin ,
Guide ses coups , les presse et de près et de loin :
Tel assailli des chiens , lassé, mis hors d'haleine,
Est un sanglier fier acculé contre un chêne ,
Qui rappelant sa force en ce dernier combat,
A grands coups de défense atteint , déchire, abat.
Ainsi combat Damon , quand la troupe imprudente
Renverse , en se poussant , la boutique savante.
Les volumes nombreux , en un tas ramassés ,
Du parapet dans l'eau se trouvent dispersés ;
Vieux et nouveaux tout tombe, et le triste libraire ;
Voit voltiger en l'air son dernier exemplaire.
Périandre [7], Géta [8] , Charles IX [9] et Néron [10] ,
Pour aller à Saint-Cloud suivent tous Fénélon [11] .
Pour la seconde fois, la tendre Virginie ,
Dans l'humide élément se trouve ensevelie.
La voyant s'abîmer, le libraire frémit.
» Jour malheureux , dit-il, plutôt funeste nuit !
» O mes galans auteurs abîmés dans la Seine ,
» Écoutez mes regrets , venez finir ma peine.
» Pinière [12], Mazoyer [13], Beffroy [14], Cournand [15], Villars [16],
» Et vous tous dont la muse épouvante les arts ,
» Pourquoi, précipités jusqu'au plus creux de l'onde,
» N'êtes-vous pas témoins de ma douleur profonde ?

» Dans le fleuve d'oubli vous étiez tous tombés,

» Avant que d'être ici dans l'eau précipités.

» Je ne vous vendais pas; vous pariez ma boutique :

» O ciel ! vous succombez dans ce moment critique;

» Quel magique pouvoir, dans le siècle à venir,

» De vos noms oubliés fera ressouvenir » ?

Ainsi se lamentait la malheureux libraire;

Telle on voit Philomèle en un bois solitaire,

Faire entendre aux échos, par ses douloureux cris,

Qu'un cruel oiseleur a ravi ses petits.

De ses auteurs noyés voulant pêcher les restes,

Le libraire fait trève à ses plaintes funestes.

Il descend sur la rive; ô prodige nouveau !

Il en voit quelques-uns qui reviennent sur l'eau;

Le nombre en est petit; Boufflers [17] est à la nage ;

Delille [18] et Florian [19] le suivent au rivage :

Le reste sous les flots demeure enseveli,

Et justement mérite un éternel oubli.

Minerve cependant du danger alarmée,

Pour dégager Damon, parle à la Renommée :

» Il nous faut de l'argent, Damon en a promis,

» Lui dit-elle, dépêche, avertis ses amis;

» Qu'ils viennent promptement, si son péril les touche »,

La déesse aux cent voix met la trompette en bouche ;
Fait retentir au loin les échos redoublés.
Parmi les spectateurs, en tous lieux rassemblés,
Un ami de Damon l'entend, accourt, se presse,
Des coudes et des poings écarte, fend la presse.
» Prends courage, Damon, dit-il, je viens t'aider;
» Te faut-il de l'argent? tu n'as qu'à demander ».
Minerve alors s'approche et lui parle à l'oreille;
Il lui donna sa bourse : ô subite merveille !
Cette paix où les Dieux travaillaient vainement,
La moitié d'un écu l'a faite en un moment.

FIN DU TROISIEME ET DERNIER CHANT.

NOTES

DU

CHANT TROISIÈME.

---

(1) *Lebrun*, poëte pindarique et le plus modeste des membres de l'institut; pour vous en convaincre, lisez son ode qui commence par ces vers :

> » Grace à la muse qui m'inspire,
> » Il est fini ce monument,
> » Que jamais ne pourront détruire
> » Le fer ni le flot écumant.
> » Le ciel même, etc. »

(2) *Laya*. Tous les ouvrages de cet auteur ont été sifflés, aussi crie-t-il continuellement contre la cabale, les acteurs, le public et le bon goût.

(3) *Cubière*. Le nom de Dorat accolé à son nom donne des souvenirs qui ne sont pas en sa faveur :

„ Misérable rebut de la littérature,

„ Cubière croupissait dans une fange obscure,

„ Et jamais dans les lieux que chérit Apollon,

„ On n'avait entendu l'outrage de son nom.

Le 18e. Siècle, satire.

(4) *Petitot*, auteur de *Geta.*

(5) *Lormian (Baourd.)* On pourrait remplir un volume des épigrammes dirigés contre lui; l'on ne peut cependant se dissimuler qu'il n'y ait du trait dans ses Trois Mots.

(6) *Mercier. (Bonnet de Nuit)* Sans le moindre élement de géométrie, ose prétendre à culbuter le systême de Newton à qui l'on a donné et l'on donne encore l'épithète de divin; avait-il besoin de ce dernier ridicule, et ses drames ainsi que ses vers n'avaient-ils pas fait rire assez à ses dépens ?

(7) *Périandre*, tragédie tombée à l'Odéon, le 7 frimaire an 7. L'auteur, le citoyen *Luce*, faillit intenter un procès aux acteurs : il en appelle à la lecture, et veut prouver que sa pièce est bonne. Le citoyen *Laya* prend sa défense avec chaleur, et dans une longue dissertation sur les vices

de l'administration théâtrale , il ne propose rien moins qu'une réforme. Hé ! Messieurs, les seules réformes qui puissent faire trouver vos ouvrages supportables sont celles de votre propre style , ou l'extinction totale du bon goût du public.

(8) *Geta* , tragédie de *Petitot* , qui a eu le même sort que le *Périandre* de Luce.

(9) *Charles IX* ou l'*Ecole des Rois* , tragédie de l'immortel *Chénier.*

(10) *Néron.* Il s'agit ici d'une tragi - farce , intitulée : *Une journée du jeune Néron* , et non pas de l'*Epicharis et Néron* du citoyen Legouvé.

(11) *Fénélon.* Autre tragédie de Chénier.

(12) *Pinière.* Il a fait une satire de toute l'histoire du 18e. siècle.

(13) *Mazoyer.* Despaze , dans les notes à la suite de sa cinquième satire , en parlant d'un cours de littérature fait au Lycée Thélusson , par le citoyen Mazoyer , dit qu'il faut une vie entière pour faire oublier trois mois si mal employés. — Il est auteur de *Médée.*

(14) *Beffroy* ou *le Cousin Jacques*. Depuis long-temps il n'est plus question de lui dans le monde littéraire ; on croit même qu'il est allé faire un voyage dans la lune : puisse-t-il ne revenir de sitôt.

(15) *Cournand*. Si vous avez le courage, lisez son *Achilléide*.

(16) *Villars*. Hélas !

(17) *Boufflers*. Le plus aimable des chansonniers.

(18) *Delille*. Il a traduit Virgile : sa traduction durera autant que l'original.

(19) *Florian*. Le père d'*Estelle* et de *Galatée* sera toujours cher aux cœurs sensibles ; la nature qu'il a toujours prise pour modèle, et qu'il peint d'une manière si vraie, semble encore plus belle sous ses pinceaux. On se rappelle ce couplet parodié de sa romance d'Estelle:

> « Ah ! s'il est dans votre village
> « Gentil et galant troubadour,
> « A qui les Muses et l'Amour
> « Prêtent tour-à-tour leur langage ;
> « C'est Florian, n'en doutez pas ;
> « Graces, vers lui guidez mes pas.

9 782014 042238